매일 똑같은 옷을 입고 다녔다

매일 똑같은 옷을 입고 다녔다

발행일	2019년 3월 27일		
지은이	정인지		
펴낸이	손형국		
펴낸곳	(주)북랩		
편집인	선일영	편집	오경진, 강대건, 최승헌, 최예은, 김경무
디자인	이현수, 김민하, 한수희, 김윤주, 허지혜	제작	박기성, 황동현, 구성우, 장홍석
마케팅	김회란, 박진관, 조하라		
출판등록	2004. 12. 1(제2012-000051호)		
주소	서울시 금천구 가산디지털 1로 168, 우림라이온스밸리 B동 B113, 114호		
홈페이지	www.book.co.kr		
전화번호	(02)2026-5777	팩스	(02)2026-5747

ISBN   979-11-6299-495-5 03810 (종이책)   979-11-6299-496-2 05810 (전자책)

이 도서의 국립중앙도서관 출판예정도서목록(CIP)은 서지정보유통지원시스템 홈페이지(http://seoji.nl.go.kr)와
국가자료공동목록시스템(http://www.nl.go.kr/kolisnet)에서 이용하실 수 있습니다.

매일 똑같은 옷을 입고 다녔다

정인지 시집

북랩 book Lab

아무것도 없는 막막한 사막에서
밤하늘에 별들을 올려다보고 있는 나,

뜰에 감나무 한 그루 없는 집 마당에서
여름밤 하늘에 은하수를 바라보던
어릴 적 나와 겹친다

사막에 간 적 없는 내가
무시하고 지나치려 했던 모습은
오늘에서야 간신히 흐린 날
허공에서 내려앉았다

어디엔가 닿자마자 사라져 버리거나
추위에 꽁꽁 얼었다가 따뜻해지면
흘러가 버리는 눈송이처럼 말이다

책상에 앉아서 쓰는 동안
오늘,
살아오면서 그때그때
말이 내 마음을 따라와 주지 않아
안타깝고 그 즉시 후회되는 일이 많았다
선뜻 다가서지 못한 마음만 제대로 전할 수 있었더라면 지금 보
다 훨씬 나을 텐데
서로 모른 척 하지 않고 인사도 없이 지나치는 일은 없을 텐데

이제 와서
모든 것을 뒤로 하고
기도만 할 뿐이다
앞으로의 나와 모르는 누군가를 위해

차가운 밤하늘에 둥근 달이 높이 떴다
잊고 있었던 달무리가 생각난다

2019년 3월
정인지

제1부

낙과

칠흑 같은 밤
자격 미달인 사과
그 손을 끌어당기는 힘

환기

뒤늦게
사실을 알게 돼 창문을 열었어
아무래도 방안은 탁한 공기로 가득 차고
똑같은 걸 매일 반복하지만

오늘따라 환기가 늦어서

그렇다고 내가 절망에 빠졌을까?

세상에 수많은 비경처럼
불가사의한 일이 만들어지길.

안주한다고 할까 봐,
웃을 수도 없다는 당신께

하루도 변해
뜻밖에

소나기

너와 내가 이어질지 모른다는
막연한 기대

저녁 무렵
한 통의 비가 왔다. 통화 대신

앉은뱅이 비, 절름발이 비, 귀머거리 비, 벙어리 비,
모두가 못 받을 사이도 아닌데 도망치듯 나는 별로.

끊어지기만 바라면서
침묵하는 사람의 침묵을 깨고
기어이 다시 온다
미안하게도 간절하나보다

번번이 실망하고 돌아선 사람처럼,
이제 막 온다

잘못 자른
머리는 다시 기르면 된다.
이야깃거리가 되었겠지만

가물어서 아무도 숭하지 않다고들 한다

자주 손을 내밀어 본다

녹동항

녹동항에서 창문을 열고 오랫동안 밖을 내다보며

잠을 이루지 못했다

낙오 없는 바람은 흉곽 깊숙이 부드러운 발을 들여놓았다

사람 드문 빈 거리를 쓸쓸히 헤매는 이도 없는 풍경이 어루

만져 주고 있었다

밤 열 시 전인데도 사람이 귀하고 집으로 들어간 사람들은

다시 나오지 않는 거리는 한산했다

올려다보는 이가 없는 창턱에 붙어, 내려가면 같이 걸을 수

있는 사람 수를 세어 보았다

먼 곳에 글썽이는 다리 위의 불빛이 인경소리처럼 큼지막했

다

누군가는 흠뻑 빠진 항구만 남겨놓고 일찌감치 가족들 곁으

로 돌아가 버린 사람들이 궁금해지고

마음 한곳에 켜진 그들의 환한 집 불빛이 흥부가 가른 박속

의 보석빛 같아 섭섭지 않았다

"소록도 주민도 한 가족입니다

소외되지 않게 따뜻하게 맞아 주세요"

현수막 너머로 끼룩끼룩 갈매기 울음소리가 났다

항구에 나란히 묶인 작은 배들이 서로 흔들리며 부딪쳐 내는

소리란 걸 한참 후에 알게 된 건

스스로 혼자 붉어질 일이지만, 나는 그들에게 그만큼 낯선 존재였나 보다

밤이 깊어가는 데도 삐걱거리는 소리가 창문으로 날아들었다

출렁이는 수면 위에 잠자리가 언제쯤 편안해질 수 있을지, 등대 불빛이 깊은 생각에 잠겼다 켜졌다

밤 고양이 한 마리가 느린 횡단을 하고 순찰을 마친 경찰차가 낮에 본 수산시장 옆에 홀로 빠져나와 있었다

자전거를 세운 할아버지는 바다를 향해 돌아섰다 가고 젊은 남자 둘이서 낙석처럼 서 있다, 지하로 사라져 버렸다

마지막으로 팔을 뻗어 손을 잡은 부부가 지나가고 그 손끝을 오래 바라본 눈으로 배 밑의 검은 물결을 살필 줄 알게 되자,

멀리 진주목걸이처럼 걸려있던 소록대교의 불빛도 몇 개만 남아 가물거리고 차 불빛도 어느새 꺼져 있었다

그토록 끼룩대는 갈매기 소리와 함께 나는 오래 창가에 머무는 게 좋았다

계절에 피는 꽃은

이걸로 뭘 써보는 게 어려운 일인 줄 알지만
꽃은 이어져야 한다

볼을 바닥에 대고 엎드려
좁은 도로의 폭도 넓어져야 한다

달리는 도로변 산에
환한 밤꽃을 보고 영감을 받았다
장미도 없는 찰나,
여기에 사나흘 걸어본다

가을에는 국화가 잽싸게 떠오르고(다람쥐가 생각난다)
겨울은 흰 눈을 무릅쓴 동백 말고도
찾아보면 어딘가에 꽃이 필 것이다

그렇게 이어지는 게 좋아서
내 감정대로 읽어주지 않으리란 걸 알면서
뭔가 휙 지나가는 것도 놓치고

쭉 밀어 놓고

그동안 얼마나 못났는가도 생각하면서
다시금 우연히
힘을 받쳐보는 것이다

꽃은 이어져야 한다고
처음 얘기할 때 다른 도시에 닿았고
그 말을 자꾸 되뇌면서 멈춰
어디 가지 않는다

박주가리씨

　나뭇잎이 달라붙은 작은 눈뭉치가 박주가리씬 줄 알았다
　아닌 게 아니라, 그 옆에 박주가리씨도 둘이서 꼭 끌어안고
있다
　신이 냉담자를 향해 마침맞게 흘려놓은 반짝이는 보석 같다
　눈이 커진다 화색이 돈다 이런 내가 마음에 든다

　순진하게 모퉁이를 다시 돌아와 들여다본 건 잘한 것 같다
　서로가 서로를 생각해야 하는 사람인 것처럼
　가까이 더 가까이 호소하듯
　마지막 남은 한 톨 희망처럼 실망시키지 않는 씨들
　여기 있다, 놀라워라!

　선글라스를 벗자 박주가리씨가 더 잘 보인다
　여기저기서 신나게 눈덩이처럼 불어나기 시작해,
　부단히 어디론가 뜨거나 그늘에서 햇살 있는 쪽으로 나와 천
천히 산보를 한다
　추위를 녹여주는 풍성하고 긴, 반짝이는 은색 솜털은 사람인
나도 부럽다. 지금 풀리지 않는
　실마리를 잡아 침목에 올려놓고 후우 불어보면 어떨까?
　어디까지나 따스한 남쪽 나라에 대고

아픈데도 고마운 사람

방금 전에도 웃어준 사람

보는 곳마다 눈에 띄는 씨들 덕분에

설마가 사람 잡는다고? 우리는 그렇지만

믿고 보는 사이

세상에 들여다보는 일이 이렇게 즐거웠던 적이 언제였던가?

착하게 살고 사랑받자,

그래서 꽃이 예쁘다

있어야 할 곳에 있는 사람처럼

조금 더 긴 문장으로 끝맺고 싶은 나의 바람처럼

그 옆에 소리 없이 붙어있던 박주가리씨,

작은 돌비석이 된 눈뭉치,

시간이 지날수록 음지에 작은 천사 있다? 없다?

짓는 게 무섭다

비극

부족했던 것이나
따뜻했던 것이나 이를테면 삼일이나 이틀,
도서관을 가는 길밖에 없었다
벚꽃으로 차창 밖이 활짝 폈다
이 꿈같은 날이 며칠이나 갈까?

꽃잎이 떨어져 간다
금세 피었다 금세 지는구나
심호흡을 한다
꽃잎을 들여 마신다

자고 나면 네 생각을 반복적으로 한다.

멘탈이 강한 사람은 회사를 그만둘 때,
상사로부터 안타깝다는 말을 듣고 말았다

그보다,
첫 연만 보면 알 수 있다는데, 요즘
왜 이렇게 추락사한 사람이 많아?

내가 얼마나 기다렸는데
이때 나는 꽤 감상적이었구나

나는 뭔가 결함이 많은 사람
진심이든
아니든
한 편의 시가 아름다워지는 걸 방해한다
손에 잡히는 누군가의 슬픔을 읽고 있다

꿈이라서 가능한

동생, 방송에서 본
연예인 한고은이 계속 행복하길,
나머지 꿈이라서 가능한 이야기를 동생에게 들려줄게.
처음 보는 그곳은 고향 앞으로 흐르는 작은 지도 같은 강이
었다네.
어떻게 생겨났는지 모르겠지만
어디선가 빌려온 것 같은 물은 투명하게 반짝이고
긴 갈대밭 대신에
크고 작은 야생화들,
곧고 푸른 다리로 서
여기저기서 얼굴을 내밀고 있었다네.
제일 뚜렷이 기억나는 보라색도, 그 밖의 다른 색도.
마법의 기적같이
이쪽을 향해 있는 꽃들, 하나둘 앞다투어.
여태껏 꾼 적 없는 꿈이었지.
희비가 엇갈려 보란 듯이, 온갖 야생화들이 다 모여 있어,
놀라 무리 지은
어쩔 수 없는
간곡한 고백이었지,
(무슨 짓을 하든) 난 평화롭고 싶어.

써보지 않을래?

어딜가나 따뜻한 것은 당신 손밖에 없다.

전화를 받고 절박한 메모를 남기고

철석같이 믿고 있던 이와 계획이 틀어져 미루지만,

선의에 그것은 믿고 보는 것이라네.

약속한 달이

조금씩 초조해지는 중이네.

그러고 보니,

동생은 어때?

그리운 명희

어젯밤 당신이 내게 또 한 말,
자그만 노트를 내밀었을 때
나에게 어젯밤 당신이 또 한 말,
남 맘 아프게 못 하는 당신이
턱턱 걸린다는 그 말은…
명희야,
그 말 들으니까 왠지 슬프다
육체의 고통이 잡힐 듯이 보이는 바다,
멜랑꼴리한 파도도 없는 바다 위 선상에서
자기처럼 눈 빨간 나를 바라보던 갈매기.
거제 포로수용소 앞
햇빛에 따라 달라지던 바다 빛깔.
모든 원망이 한순간에
녹아내리는 네 목소리를 듣고 싶어,
바닷가에 오래 앉아 있는다고
달라지는 건 없어 일어났다.
편한 파도소리처럼 잠들 수 있었으면 좋겠다고 생각하며,
봉자싸롱에서의 금요일 밤처럼.
기억나니?
행운의 클로버를 함께 찾고

추운 겨울밤 아버지가 보내주신 돈으로 흰 쌀밥을 지어먹던
조명을 비추면 전나무 빼곡한 숲속으로 달아나던

명희야,

해풍에 그을린 아버지는 사랑이 많은 분이셨어.

가까운 근처에 산다면서

만나고 싶은데

잠 못 드는 밤 너를 생각하다,

늙어도 좋으니?

걸리는 게 많아 잠수를 타니?

메모처럼 쌓아두고 온 탑은,

노란 수선화는,

눈이 게으르다고

빨리 끝내고 보고 싶어.

너무 좋아 눈물이 날 것 같아.

소풍

밤 소풍을 갔죠, 가족과 함께.
익숙한 논두렁길 아래로
전에 없던 감나무가 있고
뒤에서 앞으로 전진하면
달빛 속에 감꽃이 활짝 웃죠.
반갑죠. 결국 이렇게 되나 싶죠.
요는, 손바닥에 날아든 반딧불이의
깜깜한 끝에서 피어오른 신기한 푸른빛,
아들의 손바닥에 조심스레 옮긴 즉시
솥을 걸고 희망을 짓죠.
끌리는 대로 지은 내 마음, 엄마표 도시락.
딱딱한 감 씨 속엔 지나간 폭풍 후의 고요처럼 얌전히,
밥을 떠먹을 수 있는 수저 모양의 흰 씨눈이 박혀있죠
그걸 빼내어 먹던 어린 시절, 혀끝에 닿는 순전한 맛처럼
지금도 꿈에만 그리는 일들이 생길 수 있고
어제처럼
달걀을 부쳐 얹은

달콤한 꿈자리도 있죠.

목련은 아직 피어있다

쓰다 만 목련은 아직 피어있다 누렇게 뜨다, 지겠지만. 갓 태어난 새 목련도 있고 배냇짓을 벗는 목련도 많은데 녹슬기 시작하는 노추가 눈에 들어오는지 목련은 허무다. 눈길에 한 번 더 닿기 전에 소멸되어 간다. 차오르지 않게 소진되어 버리는 열정처럼, 눈처럼 깨끗하단 오명도 변색의 꽃잎을 쓰고 만신창이로 떨어진다. 자욱한 임종들. 컴컴한 어둠 속, 어디엔가 불이 켜져 있는 것처럼 내 눈이 가닿지 않은 어느 후미진 곳에 목련이 아직 피어있는 것을 나는 가끔 목격했다(목격하고 얼마나 환호했던가!) 우린 프로보다 아마추어에 감격한다. 프로는 일찍 진 꽃잎처럼 정작 내게 힘을 준 건 다시 보게 되는 목련이었다. 그보다 내 자신에게 냉정해질 때 목련이 내게로 왔다. 꽃보다 향기가 좋아, 어쩌면 겨우내 이걸 기다렸는지도 모른다. 새처럼 날아간 영혼도 영원한 것도 없지만 목련은 아직 피어있다.

고양이가 지나 갔다

이러면 안 되는 날들이 지나갔다
그럴수록
그럴 수 있다고 말하는 날들이 많아져 갔다
거창하게 세상일은 왜 그런지 몰라도 내 자신에게 잘 타일러
봐,
당신하고 내 속이 달라 벌어지는, 다시 생각하고 싶지 않은
일들을.
똑같은 국을 한 끼 먹고도 설사를 하고
연달아 며칠을 먹어도 아무렇지 않은, 인간적으로 고양이만
못한
우리 앞으로 고양이가 지나갔다
너를 최초로 기쁘게 해주고 싶어
그럴 수 있는 시간이 얼마 남지 않았어
내가 깜빡 속은 그럴 수 있는 고양이
인적 드문 공원, 추운 겨울도 아랑곳없이
어쨌든 슬픔보다 명랑하게 마른풀 위로 사뿐히,
한 가지 일에만 얽매인 어리석은 사람처럼
바람을 가득 마신 비닐봉지 한 장.
문득 일탈자가 되었다, 서서히 돌아오는
낭자처럼 자유로운 영혼의 고양이인 줄 알았다

감내해야 하는 고통처럼 바뀌어버린

책상위에 고개를 처박고

들쥐 구멍이라도 발견했는지

앞발로 녀석을 지그시 누르고 있는지 열중하다,

눈 타는 것이 싫은 사람처럼

차 유리 밖에서 사라져 버렸다. 아주 영영 돌아오지 않을 작정으로

지루한 시간을 할퀴고 간 잊지 못할 검은 들고양이

역지사지로 한껏 부풀어

저 혼자 채우고 간 빈자리, 묵은 과일 향이 나는 슬픈 마음이 들었지만

울음 없이 노을처럼 따뜻해져 곧 집으로 돌아갈 수 있게 된,

행복한 착각에 운 좋게도 아슬아슬하게

캄캄했던 검은 비닐봉지, 한바탕 나를 놀래키고 간 저녁.

정말이야, 정말이라니까

함께 있고도

왜 믿지를 못해? 왜 이해를 못 해?

생각해보니 당신은 충분히 그럴 수 있는 일이었다

주문

씨앗들은 나를 경이롭게 한다
프로펠러가 된 깜깜씨는
놀라는 내 앞에서 빙글빙글 돌며 떨어졌다
한 번도 모자라 두 번씩이나
착실한 그녀의 말이 맞구나
난 여태 그걸 몰랐을까
진지해져라
진지해져라
내 가슴 아픈 이야기
단풍나무씨를 품고 다니는데
무구정광대다라니경처럼 펼쳐진 다리로
일렬종대로 옮겨가는 멋진 녀석들
어이없어,
넌 누구니?
모른 척 지나간다
학교 앞을 지나
그만 생각하고 돌아가는 길
바람에 쓸린 낙엽 뭉치에
쇠똥구리처럼 달라붙어 있는 솜털들

어제는 그랬지만
오늘은 다르게
공중에서 유영하는 홀가분해진 이름
겨우 두 개, 주제넘은가?
찻잔 속에 담긴
박주가리씨를 날려 보낼 때가 됐다
씨앗들은 옆에 꼭 이름을 붙여준다
단풍나무씨부터 박주가리씨까지
단풍나무씨는 하는 짓이 매력적이고
박주가리씨는 생긴 것이 매력적이다

가을 장미

오며 가며
다리 하나 놓았을 뿐인데
(다리와 함께 팔도 뻗지)
그대와 나 사이 텄다

가을 장미가 야윈 사내같이 피었다
작정하고
착하게 피어
너무 빤했다
꿈속에서도 흐르고 꿈 밖에서도 흐르는 강물
한 움큼 걸린 수챗구멍의 머리카락처럼
깨끗한 단념들이 지운 흔적
그 위에 앉은 티티새 한 마리
누구나 추억에 젖고
어디에나 신화는 남는다고
쥐 꼬리 만한 수입에도
사람마다 반색한다

늦어서
미안한 건 우린데

연신 웃는다

눈에 띄는데
계속해서
한 번 더 볼까?

고성에 갔다 와서

오늘의 순수 멜로
어디로 떠날 때 들려줄 이야기는 아니야
도로가의 깊은 호수를 보며
바로 옆에 죽음이 함께 한다는 걸 떠올립니다
왜 하필 그런 생각을?
거대한 호수 때문이지.
좁은 간극으로
왔다 갔다 조금만 한눈팔면
자칫 잘못되는 호숫가를
우리는 아슬아슬하게 비켜 가고 있습니다
시쳇말로 이어지는 갓길, 여유가 없구나
눈을 뜨면 공포가 밀려오고
낙타가 바늘구멍에 들어가는 것보다 더 어렵다는 취업,
방지턱이 없는 지척,
취업난에 내몰렸습니다
그 사람은
그 말에 분명 모욕감을 느꼈을 거야
하나도 잊히지 않고 있는 어수선한 그때
"죽은 영혼이 옮겨 올 것만 같은"이라고
겁이 나서 쓰지 못한다

혼자 삼천포로 빠져

부랑에 잠긴 흰 돌이 되었다 깨어났을 때,

두려운 마음의 파장 같은 것들은

들판 같은 물결 속으로 따라 들어가고

호수가 덮쳐올 것만 같은 길을

사랑하는 사람은 운전해 가고 있습니다

이 고비만 넘기면 평생을 책임져줄 짝처럼

파란 하늘에 골몰하는 구름은 맹세코 없습니다

사람의 운명이란, 차가운 말 고삐를 잡기 전에

불현듯 들어오는 생각을 차단하고

좋다, 바람이 시원하다!

그곳의 빈 갈대와 갈대같이

자포자기한 영화 속 주인공처럼

어려울 때일수록 더 애틋하니까요

선로

그 추운 날에
새벽에 혼자 조용히 간 아이는
왜 누워 버렸을까?

낭랑 십팔 세라는데

다 지우고 남은 두 줄
선로가 놓여 있다

담쟁이

끝없이

새로 써야 하리

포기를 모르는 생존을 위해

남들만큼만

마지막 한 방울 힘을 짜내

아파트 높은 담벼락

천둥벌거숭이

새잎이 나왔다

지칠 줄 모르고

벽을 덮고

아무 페이지나 펼치고

수 없이 쏟아져 나오는 신작 시

나는 언제 끝장을 볼 것인가

싹싹한 당신처럼,

차 없는 날이 있구나
이곳을 지나가면 왜
김수영의 잊어버린 시가 생각날까
산책은 쉽다
눈이 녹아 없어진 길
겨울처럼 군데군데 젖은 길
추위가 잠깐 지나갔을 뿐인데
마른 보도 빛이 벚꽃을 머금다
젖은 길은 무겁고 마른 길은 가볍다
아직 한 바퀴
보송한 고요한
자국이 가신 보도는
벚꽃 잎이 감돈다
보도 위엔 벚꽃이 필 것 같다
어느 한 구역의
보도는 그곳만 가면
젖은 길도 마다 않고
끝까지 가면
차 없는 길이 나온다
김수영의 뭐였더라, 잊어버린 시가

생각난다

찍고 돌아설 때쯤

그 끝을

나온다

마른 잿빛 보도

몇 바퀴 짼 지 헷갈리는

울타리 너머 늙은 고양이

울음소리가 어린 아기 울음소리 같다

바짝 마른 성급한

뭔가를 품고 있는 잿빛,

오늘은 벚꽃을 품고 있다

벤치를 지나쳤는데

돌아가 앉아볼까 하다

그냥 온다

나도 당신처럼

그러지 못해

그러듯이

시사만평

아들아, 딸아,
희소식 하나
평안북도 창성에 이기자 소나무가 아닌
리기다소나무를 심었단다
신문 박스 안에서 발견한 신생아

하늘에서 보니
걸어온 길과 걸어갈 길이 한눈에 보인다
가뭄에도 강은 아래로 흐르는데
나의 길은 위로 거슬러 올라야 한다
다음엔 이러지 않기로 한 여자,
짧았지만
울음을 이해할 수 있게 되었다
이제 그만 눈을 떠 눈을 떠야지
아까부터 눈을 감고 생각하는 여자
다시 희망을 안고
그 곳으로 간다면
나는 바꿔 살까?
"떡볶이는 노력이다"
벽에 써둔 어떤 노력은

가르쳐줘도 쉽게 따라 할 수 없다는 거다

살기 위하여

얼마나 애쓰는지,

누군가를 떠올리며

한 여자 마른 입을 다문 채 낮은 골목길을 걸어간다

도화선이 된 무거운 검은 비닐봉지를 들고

"상처 없는 사람이 어디 있겠어요"

라는 말을 하고 술을 먹었던

화봉, 긍로, 지붕이 생각나는 코끝이 시큰해 오는 술집 앞을
지나 도서관으로 간다

(영원히 이별할 수 없는 좀비)

그런 농담은 봐줄게!

따뜻한 인맥 빼곡 찬 잎

꽃이 피고 열매를 맺었던

복 많은 여름 나무에 피해 가지 않게

한번 들은 말이 머리 속에 박혀

앞에 오는 차의 방향 표시등을 확인하며 걷는다

고난의 길이 이어지지만

새잎 기억과 함께

박스 안에는 녹색 자원이 무럭무럭 자라고

남들이 알아주지 않는 걱정
회의에 말려든 엄마의 짐도 괜히 샀다가
풍요로운 저녁노을 만평에
들 만해져 간다

제2부

외출

메마른 저녁
망설이다 밖으로 나왔다
동해로 통하는 서울외곽순환도로 방음벽에
뼈만 남은 담쟁이 넝쿨이 눈에 띈다
그 푸르고 빛나던 시절이 믿어지지 않을 만큼 앙상하다
거기다 뒤집어쓴 매연과 버림받은 계절
척박한 도시에 뿌리를 내려 서러웠지만
그럴수록 악착같이 매달렸다
어쩌다 울컥,
면벽 수련하는 초라한 넝쿨 한 움큼이
수도자의 고행처럼 마음을 움직인다
시커먼 담쟁이 넝쿨이 시커먼
담쟁이 넝쿨로 보이지 않는다
사는 모습이 저렇게 냉혹하다가도
나는 열심히 페이지를 넘겨 본다
책장처럼 가볍게 스친 생각이지만
멀지 않아 벽을 뒤덮을 담쟁이인 걸 알기에
애써 외면하지 않는다
보면 볼수록 당신에게도 휴식이 필요해,
상상은 어두운 곳에서도 가능하다.

통증

　책을 읽다가 울었다 어느 쪽 문인지 알지만 나갈 수가 없다 산책이 즐겁다 다리 아픈 이에게 이건 다른 얘기다 이가 아프다 정확히 이가 아니라 잇몸이 아프다 치과에 다녀왔지만 의사도 손 쓸 수 없는, 우울이 파편처럼 박혀 있는지 모르는, 충격과 약을 먹고 우는데 언니가 떠올랐다 혹성을 탈출한 언니, 가여운 나비가 되어 접은 책갈피 위로 사뿐히 내려앉았다 울고 싶은데 뺨 때려준 언니, 눈물은 말라붙고 지구는 아직 쓸 만하다 이가 흔들리는 통증, 들여다본 곳이 부어올랐다 한곳에 맹수가 두 번 출현한다 잔인한 확인 사살도 있다 이 세상에 있었으면 좋은 것과 없었으면 좋은 것을 생각해 본다 내가 아는 사실은 없었으면 좋겠는데 내가 읽은 책은 슬프지만 있었으면 좋겠다

별 없는 어둠의 끝

내가 잃어버린 것들, 잃어버린 것조차 모르는 것들, 청송은 멀다 청송은 어떤 곳일까 산천을 넘고 건너 불과 하루 만에 평화롭게 쉬는 한 줌 숨이 얼마나 소중한지 알면서 돌아왔다 모든 건 소박한데 주왕이 죽어 예사롭지 않은지, 예사롭지 않아 주왕이 숨어들었는지, 한이 피로처럼 쌓인 폭포를 보고 영욕의 뼈를 슬며시 돌려 깎는 눈물을 보고 낙엽이 피 흘린 찰진 바닥을 밟으며 내려왔다 (너무나 기대했기 때문에) 파고들면 사라질 것 같은 길을 앞두고 돌아 내려와 막무가내로 청송까지 갔다 왔는데, 아쉬움은 백합 향에 오래 눌어붙어 날아다닌다 하얀 물소리 쩔쩔매는 그곳에서 사 온 할머니의 끝물 가을 고추를 썰어 냉동실에 넣고 손발을 오래 놀려 종이를 정리하고 차디찬 찻잔을 꺼내 올려놓는다 하루 종일 목을 타고 넘어오는 커피 맛, 고개를 젖힐 때마다 저절로 삼켜지던 피의 붉은 맛, 청송에 다녀와서 거짓말처럼 저승엘 다녀와서 먼지를 털어 먼 거리를 지우고 달콤한 사과 대신에 세상에 없을 것 같은 사람을 그리워 해본다 요절한 그 가수의 노래를 들어보면 사람의 심금을 울리는 데는 가사가 결코 멜로디를 앞선다고 생각지 않는다 주왕이 불로초를 구하러 들어왔다고 잘못 말해 주었던 주왕산 아래 미리 봐뒀던 부사도 사둘걸. 날이 흐려 보이지 않는 별을 찾기란 힘들어, 사라지지 않은 별은 부끄러운 피고인이

되어 어딘가에 묻혀 있을 밤하늘. 이번엔 가지 않아도 좋았을
청송 맑은 날 다시 가 보고 싶다

아무리 어려워도,

어렵게 어렵게 이어가는 이야기
어렵게 어렵게 타오르는 촛불
어렵게 어렵게 살아가는 사람들

그들도 지금과 같았을까?
촛불 한 자루 켜고 싶은 심정

사랑하자, 사랑하자, 이 생활을 사랑하자,
한 번도 흘린 적 없는 눈물을 앞에 두고

나는 일어나 앉아 나가지 않는다
누군가 흐려놓은
가슴 속의 따뜻한 말들을 끌어모아
사랑한다는 말이 어색하지 않게
홀로 흥을 돋우어
춤을 추다가도 슬퍼지지 않을까

권력에 물들지 않는 사랑이라거나
동정이 빛을 나누는 시대라거나
실명을 말할 수 없는 어둠을 밝히고

네가 침울하지 않게
살 궁리만 하고

살 궁리만 한 거 애써 숨기려 들지 않는다
누구나 탄로 나는 비밀
나는 점점 사라져 간다

서로 통하지 않아
딱딱하게 굳어 버린 사랑

그게 왜 페미니즘 시일까
다시 읽어봐야겠다

아무것도 펼치지 않고
앉아 새벽빛 밝아 오는 시간에
나는 기어코 그들을 위로하고 싶다

따뜻한 밥상

햇빛을 끌어당길 수 있다면
달리 표현할 수 없는 말들을 찾아 덮어주자고 제의한다

더 이상의 사람 모습에 연연해 한 어느 한때 길을 지나쳐 왔다
보아야 할 것을 외면해선 안 된다

조리과에 취직해
조리 있는 따뜻한 저녁을 차릴 수 있다면
나만을 위해 쓰고 싶다는 생각, 그건 순 거짓말이다

"인간은 자유롭게 태어났으나 어디에서나 쇠사슬에 얽매여 있다"*
이게 뭐라고…
나만 모르다니
이젠 무엇이든 참아야 하는데

대책 없이 열정은 식어가고, 그러니
화내도 된다
짜증 내도 된다

---

* 장 자크 루소의 '사회계약론' 인용.

대책 없는 시
가만히 있으면 가마니로 보인다는데
심지어 섬에서도 마찬가지,
왜 칼국수 맛의 본령을 잃어
반짝 떠오르는 것으로 도대체 불가능할까
인정하고 나면 인정스러워질까
사실은 몰라 의분에 차서
목이 마른 데 어쨌든 편의점에서 알바라도 해야 하지 않을까

바닷가에 차를 세워두고
수평선.
죽어서도 저 먼 곳에 묻힌 사람
다시 돌아올 수 없는 사람의 마음

밀려오는 어둠을 바라보며
오래 함께 있어야 할 것 같다

꽃의 일가

가을 장미는 싸늘하게
곱다, 예쁘다
제때 환영을 못 해줬지
안보는 새에 텅 빌 자리
꽃은 피는 게 일이지만
누가 아팠다
오래 망설일 것도 없이
엷은 햇살 쪽으로
얼굴을 들고 있는
작은 장미 여러 송이를 확인하고서야
인도로 돌아가는 길

올려다 보며

잎사귀를 내어 병들어 죽었으며
새로워지면서
오늘은 이쪽서부터
언덕 위에 빈 몸으로 가지런히 선 나무야
가는 발목 언 땅에 묻고도 꼿꼿하구나
나는 푸른 바다가 보이는
너와 네 이웃들의 사이를 돛단배처럼 가뭇없이 왕래하며
겨울의 모욕을 참곤 해
어쩌면 지난여름의 녹음이
눈가림이었던들,
네 앙상한 거취가 아니면 알아볼 수 있었겠니?
답답한 가슴을 뚫어주는 나무야
보잘것없어도
보게 되는 겨울나무야
저 반질반질했던 역사도
역성들지 않는 총명함으로

겨울은 네 죄가 아니지, 나무야

못 먹는 사과

첫인상부터 사방이 딱딱해,
햇볕이 들지 않는 북쪽 방에
화분을 넣지 않은 건 미안했지만
거긴 아무도 살지 않아
늘 어두웠다
여름에도 바닥이 냉수처럼 차가웠다
그래도 들었던 것을
겨울부터 신년까지
미룸의 고통 없이 바꿔 보는 것.
눈이 오면
외출을 삼가고 아량껏
가꾸고 싶은 것이 많은 방을 나오면,
철든 나무로부터 흥이 달아올라
위문으로 보낸
북쪽에서 남쪽으로 옮기게 된 소식을
편지를 쓴 그 방주인은
나보다 더 좋아해 줄 것 같아,
집에서 옹색하지 않도록
안을 바꾸며 지내기에 겨울은 알맞은 계절 같다

마음을 바꾸면
올겨울
추위가 애를 먹여도
좋다고 생각한다

황금빛 오렌지 나무

황금빛 오렌지 나무를 아시나요?
가지를 둥글게 펼치고
주렁주렁 'Don't worry'를 외치는
폐 끼친 들판에
꿈쩍 않고 서 있는
크고 튼튼한 나무

이 가을날에도
사라질 줄 모르는
아주 우중충한 날에 번쩍한
시들지도 떨어지지도 않는 황금빛 오렌지 나무

실연의 각성이 떠받든 머리도 잠재우고
걱정도 숨 쉬게 하는
피로한 말 대신
오, 보기 좋은 황금빛 오렌지 나무

까닭 없는 궁궁함에 부딪쳐서야,
헐렁한 우주의 손거울이라니,
불길한 까마귀처럼 캄캄해요

기찻길 문장

빨간 사자*

왠지 슬픈 집념도 떼어놓고

언제나 그 자리에

파수꾼처럼 서 있는

오, 늠름한 나의 나무

플라스틱 용기

마음이 급해서
몸에 배지 않아서
눈앞에 통이 작다고
쓰지 않는 것보다
쓰는 게 낫다

네 불안보다
많이 들어가고
무시보다
통 밖으로 덜 나온다
준비해 놓은 용기를 사용하지 않는다면

감자 껍질은 사방으로 튀고
배수구 거름망은 꽉 찬다
쓸어 담아야 할 손은 바쁘다
(나도 모르게) 망령에 이끌리게 된다

고칠 게 많아 내고 싶지 않을 때
꿈속에서 소스라친 기억을 옮기지

오늘, 내일 행사를 앞두고
걱정스럽다면서 불안해하는 선배님께
용기를 내어 문자를 보냈다

곧바로 한 사람이 옆에서 거들어 주었다

"천만다행이다" 를 천만인이 다 같이
행복해졌으면 좋겠다로 바꿔 본다

마음이 편안해졌다

새조개와 목련

지난봄
내가 먹은
새조개가 신이 없는 나뭇가지에 앉았다고밖에 할 수 없다
아파트 정문 단지 안에 아이들이 왔다 가고 자동차가 붐비는,
잊히지 않고 있는 장화홍련전과 달라.
발톱에 멍이 든 줄도 모르고 걸었던 낯선 도시에서
긴장이 풀릴 때까지
팽팽히 당겨진 활시위처럼
떠나지 않는 생각과의 불가분의 관계처럼
한결같이 소식이 없는
두 자매처럼 착해 빠진 가여운 물속에 아이들처럼
뭔가 잘못된 것은 없나
가만있지 못하고
백일하에 싱싱한 발을 내미는 대신,
모른척해도 드러나는 진실처럼
희게 변한 흑자색 발색은
안일하고 쉽게 다시 어두워지고 말아,
마음에 들지 않지만
사람들은 억울한 죽음을 기억하고
그 한을 풀어주려 한다

목련나무 숲

거기에 있는 목련. 사방에 목련은 많지만 머리에 박힌 목련. 무너지기 일보 직전의 목련. 그늘진 창가에, 앞에 서 있는 목련. 지나가도 제자리에 서 있는 목련. 정면으로 서 있는 목련. 제 허물을 감출 수 없는 목련. 수많은 목련을 제치고 기억에 새겨질 목련. 곧 녹아내릴 것 같은 목덜미를 잡고 부끄러워하는 목련. 한 사람에게 꽂힌 한 그루 목련. 꼭 그 자리에 있어야만 하는 움직일 수 없는 몸으로 기침을 하듯 쏟아져 내릴 목련. 모든 걸 알고 있다는 듯 어찌나 빨리 힘없이 늘어지는 꽃잎. 너무 새하얘서 네 출발은 너무 뾰족해서 피자마자 져버려서 우리는 슬픔밖에 노래할 게 없다

오는 건 못 봤는데 가는 것만 보게 되는 목련.

나는 왜 지우지 못하는가

외로워서 방치했던 소란들을
내부에서 조금씩 자란 풀로
인제는 지울 수 있을 것 같다

깜짝쇼처럼 지우고 나서의 그 적막,
올려다보며 섰다
내일을 조금 당겨썼을 뿐인데
대범함을 보여주고 싶은 캄캄함 혹은 그 편안함*

필요한 양들을 모아두고
밤이 깊어서
있자, 이대로 있자.

달콤한
말랑카우도 아니고

쓰는 것보다
지우는 게 이리 어렵다고 쓰는 나는,

---

* 저 캄캄함 혹은 편안함(권혁웅, '봄밤' 중에서).

침묵하는 사람
너무 졸리운 사람
참는 사람
자고 싶은 사람

충격적인 뉴스에
안부를 묻지 않지만
여전히 잘 있으리라 믿는
지금을 넘겨 먼 훗날
다 지나간 후에
내가 먼저

한 문장처럼
우리는 눈 감으면 사라져 버릴 이름들이다

오늘도 어제처럼
매일 똑같은 옷을 입고 다녔다 안쓰러운, 눈에 띄는
그도 그랬다

걷는 여자

흔한 거리에서 나의 눈에 띈 여자
가지를 모두 자르고 선 가는 몸통의 나무처럼
팔과 다리를 몸에 붙인 채
꼿꼿이 선 한일자로 걷던 여자
바람에도 쉽게 불려갈 것 같은
걸음으로 존재를 시위하듯
묵묵히 걷던 여자
나만 보고 스쳤는데도
흰 자작나무같이 인상적으로 박혀버린 여자
그렇게 몇 해 잊혀 지내다가
가파른 길 위에서
다시 보이기 시작한 여자
(그때 내 마음이 어땠을지)
조금 늙어 흐트러졌지만
여전히 꼿꼿한 여자
누군가 같이 걷는 걸 보고 싶다
조금이라도 웃는 걸 보고 싶다
팔과 다리를 벌려 내젓는 걸 보고 싶다
앞만 보는 대신 옆으로 고개 돌리는 걸 보고 싶다
말하는 걸 보고 싶다 놀라는 걸 보고 싶다

의자에 앉아 있는 걸 보고 싶다

점점 호기심이 당기다

급기야 안개에 싸여 버린 여자

걷는 게 제일 중요한 여자

세상에 어떤 색깔 꽃을

한 송이 조용히 머리 위로 꽂고 다니는 여자

버린 시

감자를 졸이다, 전화를 받았다

캄캄한 밤에 쓰여진 무관심이 전화선처럼 꼬이고 길었나?
뛰어가자 감자조림 국물이 끓어 넘쳐
붉은 길들이 흘러내리고 웅덩이가 고여 있었다
장마에 씻기고 패인 황톳길처럼
사방으로 튄 감자의 혈흔도 아수라장이었다
인정하고 싶지 않은 충격적이고 잔인한 일이었다

이것들을 다 지우려면
시간이 많이 걸릴 것이다

조금 전까지 얌전하던 냄비가
저질러 놓은 이 어마어마한 사건에 배신감을 느꼈다
내 눈에는 냄비가 나 없는 걸 알고 일부러 맘껏 심술을 부린
것처럼 보였다

여태껏 본 적 없는
살인사건의 현장 같은 그곳에 막연히 서 있었다
피 웅덩이는 소름 끼치고 사방으로 튄 핏물은 불쾌하였지만

나무랄 수가 없었다

들여다볼수록 넓어지는 절망을 못 본 척
행주질을 시작했다
자리를 걷어내고 손길이 가는 대로 닦았다
눈물도 능력도 부릴 수 없고 도움도 구할 수 없었다
말없이 끈적끈적한 액체를 닦아보지만
밀리지 않는 찐득한 저항이 기다리고 있었다

마음을 비운 채 앉아 심한 곳부터 닦아내자,
그제야 길이 보이기 시작했다
세제를 묻혀 힘주어 닦자,
영원히 지워질 것 같지 않던 소란도 하나둘 지워져 갔다
아무 일 없었다는 듯 말끔해진 바닥을 걷는다는 건
동화 같은 일이었다

울 아들의 첫 외박

이 시는 불 꺼진 카메라 앞에 앉아 쓰고 싶습니다
느리고 애끓는 음악과 함께
7월 13일, 위병소 앞에 차를 세웠습니다
천천히 차에서 내려 아들과 함께 뒤로 돌아가
트렁크를 열어 소지품 백을 꺼내고
잠시 포옹을 했습니다
키 큰 차가 가려준 둘만의 포옹이었습니다
"사랑해" 대신 "잘해"라고 말해
바꾸고 싶은 후회를 남기고 말았습니다
몇 미터 앞에 아들 또래 보초병을 보자,
나이 어린 보호자를 만난 듯 울컥하는 사태가 벌어졌습니다
고개를 돌려 눈을 크게 뜨고 깜박거려
눈물을 잘라 먹었습니다
"잘 있어" 대신 "잘 가"라고 거꾸로 말하는 실수를 했지만
매여 있기엔 시간이 너무 짧았습니다
부대 안으로 사라지는 경사진 바닥은 흐릿한 복창을 하며 드
러누웠고
일어나 꾸부정한 할머니처럼 손을 잡아주지 않았습니다
행정반의 인솔자를 기다리느라 보초병 곁에 서 있는 아들을
놔둔 채,

남편과 함께 차에 올라 다시 내려가지 못하고 창밖으로 팔을 내저으며

 활짝 웃는 입술이 이지러졌습니다

 짧은 순간 긴 눈꽃이 피어났습니다

 아들과 동시에 우리는 서로에게 같은 손짓을 했습니다

 차를 돌려 돌아오는 어스름한 길에 맘 놓고 울 수 있었지만 뾰족한 벼처럼 침묵을 지켰습니다

 울 아들의 첫 외박 배웅을 저는 이렇게 마쳤습니다

 눈물 대신 웃음으로 들여보내고 싶은

 엄마의 마음을 알아줄까 하는 걱정이 집에 돌아와 커졌습니다

 자식 가는 앞길에 눈물을 보이는 것은 안 좋다는 진부한 그 말을 믿고 말았습니다

목격자

똬리를 틀고 풀어지지 않는 사건 하나,
나를 놓아주지 않는 뱀이 있다
한번 정한 방향을 바꾸지 못하고
이미 잘못 든 길을 건너고 있다
아래 숲에서 올라
도로 한복판에 갇혀 버린
돌아갈 수도 없는 퇴로가 막힌 길
오로지 앞만 보고 가야 하는 사지에서
있는 힘껏 비틀어 보지만
한 치도 앞으로 나아갈 수가 없다
그 자리에 박혀 버린 몸부림이여,
지나온
진초록 풀숲이 얼마나 그리우랴?
보는 사람도 괴로운 고행으로
여기까지 온 건 불가능에 가깝다
일촉즉발로 다가오는 위험을 감지한 듯
혼신을 다해 보지만
당황스러운 건 잘게 흔들리는 유월의 햇빛도 마찬가지.
마주 오는 첫차를 피한 것 같았지만
이어서 오는 차들은 알 수가 없다

휘어서 갈 수 없는 막막함이
온몸으로 전해져 오던 미련스럽고 답답하던 동물이여,
여기에선 치명적인 독도 아무 쓸모가 없다
징그럽고 보기 싫던 모습도
장애 앞에 맥을 못 추는
사실에
한풀 꺾이고 가련해져 버린다
어떻게든 이 길만은 건너가리,
뻗어 올린 머리 위로
덮쳐 왔을 바퀴.
한줄기 눈물은 없지만
가라, 가라, 어서 지나가라 빌어지던
한 떨기 산딸기처럼 붉은,
그만 잊고 싶은 죽음이 있다

한 사람

똑,
물방울이 끊어진 뒤 소식이 없다
초록빛 도마뱀이 꼬리를 자르고 잎사귀에 숨어들었다

똑. 똑. 똑.
오래 기다린 뒤 노크를 하고 싶었지만 참는다
이틀 봄이 지나갔다

많은 생각이 골을 따라 흘러들었다
꽃을 따라 꽃잎도 흘러갔다
물에 베인 기분이 들었다

(물은 아무리 곱씹어도 씹히지 않는다)
상처는 없는데 피가 흐른다
살려달라고 하려다 만다

볼이 홀쭉해졌는지 모른다
위가 불편한지 모르겠다
알게 모르게 시달렸으니

모르는 거에 마음을 주다 보면
알겠는 것도 많은 것 같아서
어쩌면 그럴 것도 같아서 내버려 둔다

언젠가 당신을 쓰려 한다
미문에 말문이 막히지 않는다면

천성이 미련해 오래 앓겠지만
나의 잘못도 있는 것 같아
내가 모르는 잘못도 더 있는 것 같아
나약한 후회가 나는 싫다

누군가 숨넘어가며 쓴 글이
당신 숨까지 가쁘게 했거나
질리게 했다면 미안한 일이라서

다시 보니,
당신 마음 알 것도 같지만
이해 못 할 것도 없지만

어떻게 달래줘야 할지도 모르겠어서
당신 참 밉다

괜찮다고,
뭘 그런 걸 신경 쓰냐고
어젯밤 취중에 들은 것 같다

제3부

슬픔과의 전쟁

창밖에 절단당한 흔적만 남은
두 그루 나무처럼
반복되는 그런 일.
비겁인지, 비정인지
슬프려다 만나, 따뜻하다? 따뜻하지 않다?
두려운 것은 겁도 없이,
슬픔의 끝이 어디인지 모르겠지만
슬퍼할 수 있는 만큼 슬퍼하고 다시 사람이 돼서
무엇이 두려워 끝까지 슬퍼할 수 없는지,
이런 쓰기 싫은 문장을 쓰는 일.
부음을 듣고 달려온 빗방울이
유리창에 맺혔다.
어떤 느낌인지 알 것 같지만 고칠 수가 없네.
표절이라면 사라져야 할,
슬픔보다 더한 슬픔은 없나?
슬픈 저녁, 비가 왔다.
비가 오지 못할 슬픔은 없다. 우리 고모도 그렇다.
죽은 시인의 시집을 사 모으는 일,
사모하는 일,
다 들을 수 없는 슬픈 일들은 계속 일어난다.

조금 전에도 슬픈 일이 일어났다.

누군가 죽었는데

슬프지 않은가?

좀 더 슬퍼할 수 있는 방법은 없는지,

문상을 가지 않아도 되는지 복잡하다.

비로소 조금 슬프다.

고향에서

하얀 찔레꽃은
빈집 담벼락에 기대어 있다
전에 없던 문상이었다
외가 담에도 문상 행렬은 이어졌다
찔레꽃은 서러운 곳만 골라 디뎠다
깊고 길었던 골목은 회칠이 되어
차갑고 딱딱했다
지면 위에 선 떼지 못한 발자국은
그곳으로 가면
스미지 못하고
남해 절벽 아래로 부서져 떨어져 내릴 물방울 같았다
네 일부가 여기 담겨져 있고
네 자취는 회칠 속에 매장되어 있어
아귀가 틀어놓은 주문이 무겁고 아파요
오늘은 그만 꽃잎이 무성한데

돌아가 한 땀 한 땀
다시 걷고 싶은 골목은
다시 쓰고 싶던 꿈에 보인 마을 오빠는
소복 자락처럼 온종일 끌리는 감정이었지만

이미 멀어진 뒤였다

찾을 수 없는 흔적으로 콘크리트 속에 묻혀 있다

이 바닥에서

요령을 터득한 건 자랑이 아니었다

마음만 먹은 발걸음은

아는 이를 만나는 부끄러움도 컸지만

사실은 이제껏,

나를 위해서만 산 가방이 촌스러웠던 것처럼

지우고 나도 얼굴이 화끈하다

그런 일이 무수히 많다

빨래하던 개울이 없다

공글이 된 마을 한복판에 서

빈틈없이 발라진 안쪽 골목까지 꺾어 들어가 볼 생각이다

별천지도 아니고

혼자 걸어갈 일이 쓸쓸하겠다

만시지탄

늙은 할아버지 집으로 들어와

안이 많이 어수선하다고 하고

나는 곧 치울 생각이었다고 말씀드렸다

그전에 낯선 사람들과 밤새,

현관문을 잡고

말을 섞지 않고 애걸하며

사투를 벌였다

윗집 두 여자는 무엇을 두고

어젯밤 나처럼 실랑이를 벌이는 건지,

쉿소리 끊고 이어진다

월가에 펼쳐진 반전이 놀라운 아침

오해가 폭력만큼 무섭다는 사실을 알게 되었다

활기차고 밝은 광장을 오가는 많은 사람들,

들이는 일이 죽을 만큼 공포스러웠던 그 속의 두 사람은

보고 싶은 친구가 보낸 친구였다고 한다

그토록 절박한 데는 사연이 있었구나!

어젯밤 일로 나만 잘했더라면 그리운 친구를 만날 수 있었
어, 바보같이

너마저도 함께 누릴 수 없는 누리집이 돼버리고

(들리지 않는 기억 속의 목소리)

주고 나면 나는 금방 잊어, 친구는 어쩌자고 나를 그렇게 다
정히 불러주는 사람이 없을 정도로 자꾸 웃기만 한다

남들은 운다는데 울지도 못하고,

꿈속에 섰지만

정리가 얼마 남지 않았다

이름

발을 다쳤을 때 운동화를 신었으면 다행이다, 무엇보다
녹색 신호등의 녹색 운동화가 눈에 띄었다
헤어진 저잣거리에서 엄마들이 수수팥떡을 만들고 있었다
아이 백일 팥떡이었다
무사하라는 의미로. 분명한 믿음을 갖고 기다리자, 큼지막한
거를 받을 수 있었다
헐벗고 늘어진 형편없는 거였다 이제 그만 형편없이 살 수 없
어,
작은 동전 한 개를 거슬러 받는 버스비를 쥐고 사람들의 옷
을 구경했다
아는 사람들마다 다른 옷을 입고 지나쳐 갔다
어둠이 낳은 자식들은 선명해,
아직도 기억나는 무늬가 있다
그 앞에서 막힐수록 더 써야지. 천진난만해졌다
다 들어주지 못할 난폭한 말보다 순한 버스가 오게 해달라고
모두가 한마음에서 기다렸다
놓쳐서는 안 될 막차를 기다리는 일행들이 기대와 달리 흩어
져 있었다
구름이 공포탄을 쏴 올렸다
비가 왔다. 바꿀 수 없는 몸으로

자신을 속이면 안 되는 일로, 안되면 한 발자국도 앞으로 나아가지 말아야지.

안될 일이 될 일로 변해가고 있었다

수면으로 올라가는 길은 두 번 다시 반복하고 싶지 않은 반복의 연속이었다

들판은 막막하고 녹초가 된 비둘기가 튀어나왔다

정화수를 떠 놓고 끊임없이 빌었던 어른들이 나서, 뒤에는 울게 해서는 안 될 어린아이들만 남았다

콸콸 쏟아져 내리는 수면에

사방이 고요한 명상에 들자 마을이 보였다

그녀가 최악인 줄 아무도 몰랐을 때

천기는 잠이 필요한 묘약을 들고 내려왔다

조용한 고향 마을로 가는 길목에서 꿈꾸면서 잤고

흐린 날씨지만 창문을 열면 새소리를 들을 수 있는 아침이 왔다

매일 해야 하는 수정은 내 이름입니다

바닥을 광나게 닦아야 하는 것도 내 이름 때문입니다

바람은 알고나 있듯이

바람은 알고나 있듯이 사납게 불어댄다
멀지 않은 훗날의 일을.
내일의 만남도 영원한 게 아니란 걸
저 깊은 골짝을 이루는 바람의 뿌리 속으로 사라져 갈 일이
라는 걸
하여 슬픔이 인다
우리는 모두 사라져 갈 존재이듯이
어느 날엔가,
서로가 모르는 숲속으로 돌아가고 없을 일을 생각하면,
영원히 못 볼 것을 생각하면,
오늘의 만남이 신기루처럼 느껴지며
사랑스럽고 소중하지 않은 사람이 없다
재잘재잘 웃고 떠드는 이 시간을 추억하는 날이 올 것이니
그때는 얼마나 그리울 사람일 것인가!
머지않은 시간에 지금보다 더 먼 곳으로 가게 될 사람을 생
각하니
곧장 들이닥칠 일처럼 무겁고 가슴 아프다
아, 우리의 만남은 얼마나 그림 같은 풍경이냐!
서로가 잊지나 않고 추억할 수 있었으면.
때론 권태롭고 반복되어도

몇 번 안 남았을 재회를 생각하면

시간의 숲속으로 나란히 걸어 들어가 멀어지고 마는 우리 둘의 뒷모습이

눈앞에 그려지고 만다

우리는 알면서도 모르는 일처럼

누군가 먼저 이런 이야기를 꺼내면 고개를 끄덕일 거면서도,

마치 어쩔 수 없는 일처럼

내일도 만나 즐거이 웃겠지만

오늘 든 생각은 먼 훗날에도 잊혀지지 않으리.

저 사나운 바람과 함께

일기

오늘은 어제보다 더 흐리다.
비가 올 거란 예보에 더 흐리다.
그렇지만 나는 돌이킬 수 없어, 흰 램프 아래 앉아
허리도 꼿꼿이, 속도 다정히 비워둔 채,

오늘이 삼 일째

좋아하는 사람의 목소리가 듣고 싶어. 햇볕이 땅속으로 기어
들 수 있니?
물속은 몰라도. 갑갑하기만 하지만 나는 나를 믿자,

오늘은 어제보다 더 소란하다.
예닐곱 살 먹은 아동은 보이지 않지만 다져진 흙무더기에 올
라
활극 대사를 흉내 내고, 아이 좋은데
무슨 말인지 몰라 트럭이 황급히 뒤로 빠지자,
매미가 못나게 징징대다 그친다.

얼마나 견딜 줄 모르지만 모르는 것은 견딜 줄 안다.

어쩌다 옷에 묻힌 연고에 화상에 난 상처를 들여다보고,
싸구려 담뱃갑처럼 구겨진 날씨 속에 은박지처럼 펴질
낯선 것들을 그려볼 줄 안다.

이제 그만 지치자. 아동도 매미도 사라지고
날은 점점 더 흐리고 곧 비가 쏟아질 것 같아, 빤한 게 싫어,
자리에서 벌떡 일어나 서면

다시 시동을 거는 차 소리가 들리고, 아이 발소리가 뛰어가
고
잠자코 보고 있던 언덕배기에서 소나기 바람 빠져나와
빈 바닥을 훑고 지나간다.

우리가 헤어지면 보고 싶을까?
애인이 말한다.

왜 틀린 시를 썼을까?
지우고 싶은 지난날, 죽고 싶도록
유리창을 닦으며, 내 의지만큼 지워지는 게 존재한다는 것을
알았다.

통복시장

복이 통째로 굴러들어 온다는 통복시장에서
가지가 시들은 것 같다는 말에
아주머니 자신 있게 반으로 나누셨다
속이 뽀얗다
속이 상했어도
그냥 못 올 판이었다
고추 한 바구니를 두고
맵냐고 묻자,
매워 보이는 영혼 앞에 망설이면서도
"매운 것을 찾아요, 안 매운 것을 찾아요?"
물어서 함께 웃고 말았다
입맛에 맞게 양념 반 후라이드 반으로
섞여 있다는 말은
손님을 위한 간절한 염원으로 들렸다
복잡한 시장통에서 길을 몰라
두리번거리는 나를 보고
"말을 해야 가르쳐 주지" 해도 지나치자,
"잘났어" 자그맣게 들리던 말
이해할 만하다
씹히면 아프니까

하지만 이젠 봄이죠,

상처에 새살이 돋아나는

말이 말뿐이라면 무슨 소용 있을까?

나이 오십인데도
이십 대 같은 몸매를 가진 친구와
통화하던 중,
조금밖에 안 먹는 것 같다는 내 말에
"굶어 죽는 아이들도 있는데
뭘 그렇게 많이 먹어" 했던 말,
가끔 생각났다.
말은 맞는 말,
틀린 말이 아닌데도
말이 말뿐이라면 무슨 소용이 있을까?
시를 쓸 수도 없게 밥을 많이 먹은 날,
한 번쯤 되새겨볼 만한 이 말을
왜 하필 옮기는지 모르겠다.
아무 생각이 안 나는데
아무 생각이 없는데
전화를 끊자마자,
과식을 피하고
몇주째 소식 없던 친구말이 반가우면서도
불행하지 않게 살을 발라내
영리하게 다이어트할 때만 먹고 치웠을 뿐,

이어서 무얼 더 쓸 수 있을까?
생각 없이
있는 게 없기나 하는 것처럼,
생각이나 말지
하지 못한 거, 하지 못하는 거.

타인의 시

시 하나 때문에 한 시인이 좋아졌다
싫어했다 말하기도 뭣한.
애시당초 사랑했으면 그리되지 않았을,
오해가 다 낡아 해진 가방처럼 버려질 때
어쩔 수 없이 아름다운 시라고 생각했다.
간혹가다가 필요에 의한 것이 아니어도
나는 하고 싶은 것을 한다.
이 시라면 누구나 갖고 있는 목소리로
낭독을 해 녹음된 내 목소리를 들어 보고 싶었다.
그 길로 바다에 접한 미술관까지 다녀와서
이런 감각은 어디서 나오는 걸까?
사람을 멀리하는 차가운 속까지 사랑하고 싶은
연보라색 바다를 바라보며 내내 생각에 잠깁니다.
시 한 편으로 운명이 달라지기라도 하는 걸까요?
모르는 사람의 심장에 박힌다는 것.
시 하나 있는 것이 그러니 몇 번을 봐도 질리지 않는다는 말,
함부로 할 것은 아니지만 남이 봐도 그럴까요?

시집을 덮고
시만 생각하자, 바닥을 쓸고 닦고 닦는 일에서

도무지 헤어 나올 것 같지 않던 나는,

일 년 만에 행복해졌다.

무엇을 믿고 있을까!

바람이 잡아끌어 빗방울이 미끄러뜨려 보도 위에 뭍으로 나온 슬픈 잉어의 비늘처럼 흩뿌려진 벚꽃 잎.

우듬지에 환한 집을 떠나 낯선 길 위에서 가출한 소녀들처럼 놀고 있는 벚꽃 잎.

쪼르르 몰려다니다 그만 지쳐 엄마 생각이 난다는 걸까, 아님 돌아가기 싫다는 것일까.

내가 쫓아내는 것도 아닌데 새침해진 표정 얄미워 저랑 나랑 얼싸안고 울 일 없을까 찾다가

양심 있게 흉내만 내는 비. 꽃잎 밟을까 봐 고개 숙이고 걷는 행인들의 착한 속마음.

어디론가 편지를 부칠 수 있는 우표 같은

꽃잎이 뒤섞여 비벼대는 맵고 달큰한 비빔밥 한 덩이 가슴에 올라와

오면 간다느니, 요것들 없는 내일은 어떡하면 좋아, 징징거리며 얌전한 비에게 시비나

붙으려는 진상 발 걷어차 넘어뜨리고 나설랑,

아직 늦지 않았어 여기서 놓치면 끝장이야

서둘러 날 받아 달라 미련하다고 도망치지 말아라

마음 다 비웠다, 간신함 끝에 번져오는 뭉클함

겨울이 와도 바람에 쓸려와 방문 앞에 머물러줄 하얀 기억들

중 한 잎,

　　땅 위에서 집어 가만히 엄지 위에 올려놓고

　　이 어린 꽃 이파리의 힘으로 기나긴 겨울을 날 것을 믿으마,

　　믿을래. 추어올린 머리 위에 여적도 환한 꽃가지들,

　　꺾을 순 없지만

　　어디선가

　　내 앞으로 하늘하늘 떨어지는 꽃 이파리 하나

꾸미는 것은 서글프다

외출할 때
거울 앞에서 목걸이를 해야 하나 잠시 들여다보다가
그만둬 버린다 더 중요한 일을 앞둔 사람처럼
그래도 혹시나 찬찬히 들여다보다 생각하기를,
지금 허전한 것도 모르겠거니와
무엇을 위해 마지막 기회까지,
욕먹을 걸 뻔히 아는데 이러는 나는

작년까지만 해도 허전한 구석도 많아 메울 겸,
초라한 구석도 감출 겸, 하나라도 골라 달았는데
웬일인지 요즘엔 통 관심이 없어졌다
마음은 바쁜 듯 그냥 지나쳐 간다
왜 이러나 따질 새도 없이 나는 이유를 댈 수 있다
목걸이를 안 해도 목이 항상 무거운 것도
다 쓰지 못한 시 때문에
이 사소한 것이 다 무어냐 싶어 버티는 것도
시 쓰는 일 때문이라고 생각한다
그곳에 정신이 팔려 늘 바쁘게 목을 매고

거울 앞에 허전함도 모르는 채 덤벼드는 것이다
굳이 누가 시킨 일도 아닌데 그런다

액세서리도 달 줄 모르는 것은

액세서리도 빛을 잃은 것은

날마다 시를 생각했기 때문이다

문득

버스 창가에 기대

서글프게도 생각에 잠긴다

모든 걸 애써 생각하느라 지쳐

몸에 다는 게 다 부질없기에 이르렀다

애써 꾸미는 것에 지쳐 그만하기 싫다고 한숨을 쉰다

꾸미는 것은 서글프다

꾸미는 것은 이내 지쳐 며칠 못 간다

나는 꾸미는 것에 서툴러 더 진력이 나고, 이제 목걸이도 걸
수 없다

기억

어느 날엔가 내 오랜 갈망
눈부시게 풀릴 것을 꿈꿨지만, 내 오해의 터무니 없는 믿음은
궁핍한 시를 쓴 배신감, 그 누구보다 화려했다
상처는 몸부림치다 상처를 낼 수 있고
점점 더 키울 수도 있어, 가만히 있으라?
함부로 쓸 수 없는 걸 함부로 써 매번 미안한,

런닝구 바람의 선장 대신
성실한 문장을 만났을 때 기쁘듯이
반듯이 눕지도 서지도 먹지도 못한
이른 초록 봄날, 어느 한 장면에
사로잡혀 버렸을 때, 뜻밖에 노란 나비 한 무리를 보았을 때
처럼

잊지 않겠다는 기억과 함께
그 아이들보다 어린 내가
고향 뒷산 눈 내리기 시작하는 저녁 숲가에 서 있다
저 멀리 구세주처럼 눈 몇 송이 나타나 잠시 떠다닌다
하늘의 노래함이 열려 펴져 나가듯 눈송이들이 불어난다
셀 수 없는 좋은 징조에 설레기 시작한다

숲이 가만히 귀 기울여 눈 발자국 소리를 듣고 있다
무슨 일이 일어나려나 마른 몸을 뒤척거린다
불어난 시편들이 바람에 실려 온다
발길 끊긴 외톨이 나무들이 발그스레 뺨을 붉힌다
끝없이 내려앉는 눈송이
마른 숲이 젖어드는 포그넉한 이곳에서
눈송이를 받아 쓰는, 목마름이라 부르기 전에
사무친 불면처럼 깊어가는 밤
쏟아져라 가벼운 영혼들아
넋을 잃은 이름들과 함께

벗어나기 위해,
다시 살아야겠다는 의지로 지우는 일은
어쩌면 더 힘들지 몰라, 차 뒷문에 아직 떼지 않은
노란 리본처럼
저 꽃 좀 봐, 봄이 와도
"찔레꽃 향기는 너무 슬프다"는 노래처럼
향기가 슬프다는 말, 벤치에 앉아 가만히 매만져 보자 더 두
고 보자

시집을 읽다

기다리던 시집을 읽다,
깜빡 졸았다

산비탈에서
미끄러지듯 굴러떨어졌다

소파에 파묻힌 채로
어스름한 여름 저녁
마당에 고봉으로 쌓인 보리밥을 떠먹다,
수저를 입에 문 채 깜빡 졸고 있는 아이처럼

(밤은 까말수록 좋았고)
아이는 아무런 죄가 없다고
했지만 왠지 꺼림칙하다

어떻게 졸 수가 있을까?

밤이 계속해서 오기 전에
밥을 떠먹어야 할 시간인데.
아이가 졸음 밖으로 밀려난다

분첩처럼 닫힌 시집을 손에 든 채
돌아보자, 머릿속으로
무수한 돌들이 날아들었다.
밥을 지어 먹을 수 없는 돌들뿐이다

캄캄한 밤하늘에 별들이 또렷한데

갑자기 찬 기운에
노출된 아이가 애처롭다

누군가 여기에 나를 불러 세운 걸
뜻이 있다고 여긴다

자신 속에 있는 것은
언젠가는 한번 부딪치게 된다

그보다 앞서,
해야 할 것이 있는데 못하고 있는 심정을
이해해 달라고 빌고 싶은 마음이 간절하였다

오래전에

오래전에
곁에 두었다가
지워버린 음란 서적 같은 긴 낙서가 떠오른다
다시 복원하고 싶은 마음 위로
후회가 밀려왔다

용기 없는 슬픔이 스스로 조롱거리가 되고
외로움이 된다

끝물인 장미가 담장 위에서
햇살의 긴 배웅을 받는다

이것 봐, 푸른 잎에 둘러싸여
아직껏 아무 일도 없는데
그냥 두고 보면 될걸.
넌 너의 솔직함 반쪽을 잃어버린 거야

이 깊숙한 곳에 누가 찾아온다고
너의 가장 가까운 사람이
들어와 볼까

그땐 불의를 사고를 생각한 걸로 알고 있다
아무 때나
턱을 괴고 들여다보고 있으면 좋았는데

발밑에 고인 물웅덩이에
쪼글쪼글해진 올챙이들이 까만 얼굴을 내민 채 올려다보고
있다

어디론가 흘러가다 만,
잔 찌꺼기 같은 것들의 아물거림은 순하다

솔직한 걸 두려워해서는 안 된다고
볼 수 없는 걸 그리워할 자격이 없는 이가 말했다

하지만 그때로 다시 돌아간다면
사정은 달라질 거야

그때 얼마나
심사숙고했는지 너는 알고 있다

주전자

목이 마르면
주전자는 애가 탄다

내장이 타
그새 주위가 새까매진다

깨알 같은
물이 증발한다

주전자가 가느다랗게 운다

몸에 균열이 가고
급기야 머리 꼭대기까지 갈라진다

내가 올려놓은 주전자를
기울여도 물이 한 방울도 나오지 않는다

빈 주전자를 두고 물이 사라져 버렸다

이미 타버린 주전자

정말일까?
손이 델 것 같은 뚜껑을 열어 본다

누가 먼저랄 것도 없이 식식거리며
물과 불이 뒤엉킨 자리가
텅 비어 있다

끓어 넘칠 수 없는 내열만
회오리치고 있다

거짓말 같은 마른 무늬가
바닥에 붙어 있다

뚜껑 닫힌 상처가 드러난다

눈 오는 저녁

아파트 앞마당에 눈이 내린다
어느새 익숙한 풍경들이 사라지고
나무엔 눈 뭉치들이
먹고 싶어도 먹을 수 없었던 빵처럼 수북이 부풀어 올랐다

감쪽같이 새로워질 수도 있구나
마른 어깨를 감싸 안는 긴 팔로 대지를 덮어간다
태만하지 않고
지우는 걸 숙명으로 타고난 사람처럼
몸을 던져 지우고 있다

빈 놀이터 건너 아득한 맞은 편 집에
남자가 혼자 들어 마음이 짠하고 아픈
저녁이 넘어지고 있다

이대로 가면 세상을 다 덮을 수도 있겠다
잎이 푸른 나무가 황홀이 켜 든
층층이 눈 두께를 가늠하며
집으로 돌아오는 오르막길을 내려다본다
눈발을 뚫고 힘겹게 올라오는 내 모습이 보인다

다시 눈발이 치는 도로
벌집을 쓴 한 사람이 길을 건넌다

눈 오는 세상이 말의 자취를 감추듯이
눈 속을 걷는 사람은 늘 한 사람만 비쳐진다

자꾸만 쌓여가는 눈 시린 바깥을 향해
나는 무엇을 바라는 채
서 있는지 모른다

시간이 흐른 뒤 사라져 버린 천국처럼
하나로 통일되는 세상이 놀랍다

우리는 그 창밖을 배경으로
따스한 거실
아른대는 불빛 아래 둥글게 모여 앉아
밤새 담소를 나눠가며 빵 냄새 피어나는 아침을 꿈꾸면 안
될까

뿌리

내 이는 썩은 곳이 하나 없어 때운 자국도 없다

우리집보다 더 가난한 집이 있던 어릴 때 설탕이 든 달콤한 과자를 별로 먹어 보지 못하여 받은 상장 같은 거라고 생각해 왔다

치과에 가면 잔칫날 얻어먹던, 도깨비도 좋아했다는

싱겁고 소박한 메밀묵 같은 이를 내보이며 평안했던 것이, 이 제는 그마저 시무룩해지려 한다

착각에 사로잡혀 산 나를 한 대 때려 주고 싶고 뿌리를 강조 하는 의사 선생님 앞에서,

뿌리 깊은 양반 자식이 못 되는 것 같아 부끄러워지려 한 걸 간신히 참아냈다

벌레 먹지 않은 것보다 더 중요한 뿌리의 깊이를 강조하자,

허술한 뿌리가 맞게 될 불안한 미래가 들썩거리고

걱정으로 옴짝달싹 못 하는 내게 안 됐던지, 의사 선생님은 그건 내 잘못이 아니라는 말까지 친절히 덧붙여 주었다

또 여적도 썩지 않은 내 이에 몰래 품고 있는 숨겨놓은 자만 심에 대한 경각심을

낱낱이 얘기하자, 무력해진 나는 더 이상 감출 것도 없어지고 평정을 되찾았다

어젯밤에 이 생각을 했다

그리고 작년 태풍에 짧은 뿌리를 드러내놓고 쓰러져 있던 아파트 정원의 키 큰 소나무가 생각났다

내 이도 때운 자국이 없으니 푸르고 뿌리가 잇몸 속 깊이 내리지 못하였으니,

솔잎은 푸르지만 어느 때고 넘어질 단단히 뿌리 내리지 못한 소나무와 똑 닮았다

느닷없이 든 생각에 기분이 좋아져 옮겨 놓았다

뿌리 깊지 못한 내 이의 폐허를 이제라도 알았으니,

바람을 살살 어르고 달래가며 오만불손하지 않게 뿌리를 지켜내고,

뿌리를 고집스럽게 감싸고 있는 붉고 헐리지 않은 잇몸에 희망을 걸어봐야겠다

그리고 제대로 알게 된,

여리고 뭉툭해 귀엽게 생긴 내 이의 뿌리를 이제부터라도 사랑해 봐야겠다

그러니 너무 상심하지 말자 걱정이 깊으면 불운이 피해 가듯이,

이다음 내가 알아차릴 수 없는 어떤 힘이 작용해 내이의 수명은 생각보다 길어질지도 모른다

두근두근 신세계

첫새벽에 눈 뜨고 죽은 말을 살려내었다

물증 없는 심증만 있었다

죽은 시인들이 와서 그네를 밀어주었다

몸통만 있는 바위에 날개가 돋아났다

반대쪽마저 써둘 필요가 있다

완벽한 합체였다

제4부

여가

좁은 문으로
두 사람을 생각하며
방으로 들어섰다

모든 것을 뿌리치고
청소기를 밀던
어느 날 생각해 봤다

흰 종이 위에 옮겨지는 것은 두려운 일이다

나의 시가
흰 종이 위에
옮겨질 것을 생각하면
깨끗이 쓰지 않을 수 없다

백합 향이 풍기는 드레스룸에 들어섰을 때
매혹은 어느 한 가지에 있지 않다고 생각하자,
천의 얼굴이 다가왔다
열린 감동
또 다른 열린 토마토,

자꾸 열려 아이들에게 그렇게 살라 이르고 싶다

따르기 힘들지만
두 사람 다 매혹적이었다

뒤늦게

인평이는 몰라요
내가 안 올 거라는 것을,
그리고 그런 말을 했어요
인평이는 하느님을 믿고 마침표를 찍을 줄 알아요
가끔 오세요, 이 말
시간이 흘러 오늘 눈물겨워요
보석이 박혀 반짝거려요
미안한 것도 보석이 돼요 그때 갈 걸 그랬나요?
이럴 줄 알았으면은,
이럴 줄 몰랐다는 것

자신도 모르게
한 번도 고민해보지 않은 사람처럼

나는 가지 않았으니
이 말은 죽었나요?
고스란히 끓어 넘쳐
한시름 놓는 건가요?

목울대에 잠겨 넘어가지 않는 이 말은,

이제 내가 써먹고 있으니
앞으로도 써먹을 것이니
가끔 닫히고 열리던
출입문 쪽을 봤을 그 아인,
어디서든 너무 멀리 와버렸을 때
아마 거기에 없을 거예요

(그 사이 청년이 됐겠죠)

부탁해요. 말 한마디로 천 냥 빚을 갚는다는데
이 중요한 순간에
왜 다리를 꼬고 앉았는지

그건 아니지 하면, 난 또 웃음거리가 되지만
헤아리지 못하는 건 짓밟는 것.
이게 마지막이라고
백번 천번을 말해도 피할 수 없으면
인평이처럼
타인을 위해 누구나 잘 되겠지, 잘 되었으면 해요

오로라

바람이 흘린 발자국을 주우러 갔다

어서 와, 햇살이
보도의 젖은 물기를 걷어가 주길 바랐다
무력감도 함께
보도 한 장을 백지처럼
가볍게 말아 올리는 걸 보고서야,
나는 희망을 쓰기 시작했다
누군가를 따라 하는 습성이 있다
반쪽의 블라인드가 내려진 그늘진 천장에
자그마한 백색의 오로라가 춤추고 있었다
그것은 빛과 생명이 헤엄치는 물결의 시간 여행이었다
나는 거실에서도 북극의 오로라를 볼 수 있었다

신기한 일은 가끔 일어난다
오로라처럼

토요일에 딸과의 약속 때문에
남편의 문자에 생기가 돌았다
목표가 없는 남자는 갈수록 말라간다

(지워지지 않는 과거는 멀어져야 하고)

오로라, 가능하다면
늙지 않는 시인의 모습을 꿈으로 간직하게 할까?
혼잣말을 혼자 하다,

천장을 올려다봤다
남자는 휴대폰을 계속 본다
그대로 통과할 수 없는 유리문에 부딪히고 나왔다

바람이 분다
좌우로 흔들리며

그 어떤 선동에도 밝은 슬픔의 무게는
치워지지 않는다

피할 수 없는 바람이 부는 날,
버스를 타러 가는 눈에 눈물이 고일 것을 예감하며
들러붙는 시간을 떼어 낸다

악몽

전혀 예기치 않은 사고,

먼바다에 슬픈 일이 있었음에도 나는 차 안에서
악마처럼 웃었고
밖에 경찰관 아저씨가 나를 심판하듯 쳐다보고 있었지
그때부터였어

말이 꼬였고 말이 더 꼬였고 말풍선이 터져버렸지
수습하려 했지만 복병이 나타났고 긴 칩거에 들어갔지
깊은 밤에 비인지 물방울 소리가 핏방울처럼 뚝뚝 거려,
뿔뿔이 흩어진 가족처럼 무겁게 끊어져 들려, 검은 밤의 침
묵만이 그 소리를 감싸고 있지

마음이 찢어진 채 서로 골몰해 잠 못 드는 이 밤

꽃가루처럼 싫은 감상을 뿌리치고 아파서, 이대로
부끄러움이 제일 많은 밤이어야 한다고 생각해. 다만 기도하
고 싶을 뿐이야
탁자 위에 버려진 우리의 말들, 몰랐었다고 하지만

우리가 갑자기 라고 말하는 일들은 보이지 않는 곳에서 계속
차올랐던 거야

막혀서 넘쳐 버린 하수구처럼. 아무리 그래도
우리는 모녀로 닮았어

그때 입을 다물어야 했었어
그 경찰관 아저씨가 쳐다보는 게 불길했어
먼바다에 슬픈 일이 있는데 지나치게 웃는 내가 의아해서였
겠지
내 부주의야 이젠,

벌로 받은 소나기 한 벌이 지나가고
슬픈 밤이여 안녕!
얼마나 마음이 무거운지
후회스러운지
한발 늦어
미안한지 알아줘요

길어지지 않기

저녁에 붉은 장미는

내가 낳은 피붙이

나도 이런 시도 써 봤으면

또 다른 시 가슴이 저릿저릿해

몇 번이나 불평불만에 마음은 마음을 닫으면 까칠하네

이대로 있을 순 없지

다짐에서 다짐으로

부족한 것을 전면에 드러내 놓고

성숙에 대한 질투로 시간은 속죄 없이 속절없고

독자로 남았으면 하던 시절에

부드럽던 꽃잎은 어디로 가 버렸나?

기억을 더듬으며 담쟁이처럼 이는 붉은 벽, 골수에 사무친 미

인들,

철천지원수, 애간장 녹이는 혈육들,

멀어지는 이웃, 그때는 몰랐고

내가 한 말이 내 발등 찍는 걸까? 속상해 피자 한 판

먹으면 불편해지는 속, 걷기만 하는 표정, 당신의.

같은 도시에서 다른 느낌으로 사는 우리들

이대로 깜깜해지는 나머지

아, 아, 너무 길어지는 건 못 참아

담장을 훌쩍!

벌아, 저리 가

다 뜯어 고칠 거야

믿을 수 없는 건 죄다 무서워 울며 피는 것들, 따뜻한 곳으로
옮겨야지

쉽지 않아도 쉽게

다음에 만나면

다정하게 대해야지. 세상에서 가장 힘센 사랑으로

시를 찾다, 두 손을 들어 버린

이런 식으로

부족한 것을 전면에 드러내 놓고

나는 항상 시외버스만 타면 잠이 와,

미안해서 미안해!

커튼

거기서 그들의 이야기는 끝났다 문득 그렇게 생각되었다
가을비가 조금씩 내리는 작은 마을을 지나면서,
교통사고로 사랑하는 친구들을 다 잃고
불행히도 혼자 살아 남게 된 그 아이의 고통을 떠올려 보았
다
앞으로도 이런 차고 가느다란 긴 고통이 이어질 거란 생각을
해 보았다
마음이 절벽이어서 그런지,
아직은 슬픔에서 헤어 나오지 못한 모습으로
어떻게 이기고 살아갈지 걱정이 되었다
어쩌면 지금도 병원에 누워 있거나,
다친 몸으로 치료를 받으러 다니고 있는지도 모른다
말을 잃은 채 이 모든 걸 다 받아들이면서
침묵으로 슬픔의 빛깔을 채워야 할지 모른다
나의 경우는 다르지만,
잘 산 것 같았던 커튼을 이러저런 이유로
하루가 멀다하고 반품시켰다
쥐도 새도 모르게 싫은 것들은 포장돼가고
나 혼자서 여러 장의 반송장을 써야 했다
서로 차이는 있지만,

억지를 부리는 건 아니지만, 그래서 혼자 남은 그 고통을
조금은 이해할 수 있을 것 같다
사람 일은 모를 일이라고,
여기서 우리의 이야기는 끝났다
그리고 홀로 남았다
미안해서, 우리 친구 할래요? 하는
그런 사랑 어디 없을까
나는 엎드려 버린다
밥을 먹거나 웃다가도 입이 쓸 때
신이시여!
깊은 곳에 들어와 있는 그 아이의 외로운 환영은
아직도 사라지지 않고 있습니다

동백 친구
- 먼저 간 친구에게

밥이 먹기 싫어
건너편에 나와 보던 날,
너는 벌써

전선을 타고 훈훈해져

역 앞에서 만나
환히 마주 웃었어야 했는데

볼 수 없는 목소리는
자주 아파서 내가 앓는 꽃이 피었어

평생
어디서 그런 따뜻한 느낌을 전해 받을 수 있을까!

아무리 화려해도
별은 못 따라가네

맑은 물과 바람과 햇빛을 먹고 자라 더 붉은,

남쪽 소학교 복도에 세워진
'정숙' 이 생각나는

공허한 메아리같이

봄이면 들려오는
모지의 동백꽃 소식에 꽃들 사이도,
똑같은 꽃은 없을 거라고
태어날 때부터 있었던 오래된 토종 동백이라고.
영원한 것 같았으면서
아닌 것처럼
그 밑에 자주 서 보았는데

불행한 사고에
매일 용감해져야 하는 사람들

그리운

한겨울에 송두리째 가고 없는

그러고 보니

언제나 반만 웃었던 것 같은 내 친구

키만
멀쑥한

삼각김밥

꽃이 탄다
저기에 꽃이 없었던 때가 엊그제다
없는 집에서 태어난다는 건,
바닷가로 달려나가는 길이 지척
홍이 없는 집은 꽃이 없는 집
꽃이 없는 집은 가난한 집
좋은 집이 하나 있다
하나같이 빛나는 모성
누구나 들어와 살게 하는 착한 꽃
셀프 주문으로 이어진 긴 테이블에
배달된

불멸의 집, 바다, 하얀 찔레꽃

목메는 삼각김밥

뒤돌아본 길

절에서부터
시작해 내려오는

어느 만큼 오다,
일행은 앞에 가고
혼자 뒤돌아본 길

저 멀리
한 가족이 아물거리고
그 다음 아무것도 가리지 않은 빈 길이다
지나온 발자국 하나 찍히지 않은,
다람쥐 한 마리 횡단하지 않는,
진눈깨비를 받아먹은 적요의 길이
내 뒤로 펼쳐져 있었다는 걸 알았다

뒤가 궁금해
뒤돌아본 길은,

누군가의 치열하게 살고 싶다는 바통을 이어받은 나무들이
릴레이 선수처럼 나란히 섰고

안 그럴 것 같았는데
한참을 바라보고 서 있는 나를 외면한다

집에서
내일이면 그리게 될 줄 모르는
길옆에 놓인 박스와 책

"통증 있는 사람만 천 원을 넣고
가져가세요"라는 메모와 함께
누군가 통증 없는 세상으로 데려가 줄 것처럼
산뜻한 새 옷으로 갈아입고
추위에 버티고 있다
어떤 통증일까? 돌에 눌린 캄캄한 그 속이 궁금하지만 참을
줄도 알아야지
한 부부가 밀레의 만종처럼
머리를 맞대고 책장을 넘겨보고 있는,

뒤돌아본 길이 마음에 남은
삼막사 다녀오는 길

투혼

뒤 베란다에 나가
빨래 바구니를 내려놓고 허공을 보자,
희미한 눈 몇 송이 떠다닌다

발밑이 까마득한지
쉬 내려앉지 못한다

떠받치고픈
눈길의 호위를 받은
가냘픈 눈은 오래 버틴다

많이 오는 것보다
첫 몇 송이 날릴 때 설렌다

하나, 둘 세어 볼 수 있기 때문이다

번잡 없이
눈이, 멀지 않은 곳에
누군가 지켜보고 있는 것을 아는 듯한 몸짓을 지었듯이
나 또한,

그 맑은 순간이 생의 전부이기도 했기 때문이다

식물처럼

부끄럽고
미안한 건 빨리 자란다

철없는 게 죄일 수 있다고 생각했다가,

이건 방금 따온 햇과일이고
아무 노력하지 않으면서 위안받고 싶었다

누구나 일을 해야 하는 것처럼
현실을 피하지 않고 가면
버스를 타고 한 바퀴 돌아보고 싶은 그런 꿈, 도시

차라리 침묵하는 편이 나은

손과 발이 추운 겨울

말 그대로, 부족했기 때문에

잿빛 구름 속에 열리는 한 줌 푸른 하늘처럼

간혹 아주 희미하게 날리는 것들처럼

형편

개나리꽃으로 지전 붙여진 울타리,

어젯밤에 다녀간 뒤 소식이 없다

손발이 찬 수족 냉증에 걸려

밥을 먹은 뒤 일을 하면 행복하다

일상적인 꿈은 아침에 피어난다. 버릴 수 없는 것들은

숨길 수 없는 것들뿐이라는 생각이 들었다

비둘기 빛 날씨가 계속되면 꽃들도 개화 시기를 늦출까?

요란하지 않게 할 말만 하는 꽃은 아름답다

이상하고 작은 도깨비 나라

동화같은, 한쪽 끝을 접어 놓는다

잠시 머물 수 있는 길처럼

어디서든 아직도 간직할 수 있는 것들이 있어서 좋은,

비밀이 같은 어제와 오늘이 이렇게 다르듯이

한때의 걷잡을 수 없는 기분을 위로해 주는

티비는 사랑을 싣고 나비 그 나비, 기회는 한 번뿐

나비인지 아닌지 모르는 사이에 날아가 버린 시인의 선물

시기와 질투에 맞먹는

한결같이, 고맙다 이 음악

호기심

눈은 추락하는 것일까
아니면
스스로 날아오는 것일까

그 높은 하늘에서
이 먼 지상까지

새삼스럽게
쓰지 않는 그릇을 꺼내 만져 보았다

그것은 비행접시가 된 기억 때문이었다

내리는 눈이 좋으면서도
눈치 없이 반짝이는 눈을 본다

피로한 눈꺼풀

쏟아지는 것들은
왜 이리 무거운가?

잠처럼.

한때의 행불자들은 나무가 되어

병

난 움직이지 않아
딱딱한 돌이 되었다
생각하면서 누워 있는 건 힘들어,
그래서 눈을 감고 앉아 있다
어깨가 시려도 견디면서
원하지 않은 곳으로 구르는 걸 경계하다,
이슬이 찬 새벽
돌은 추위에 떨다 들어간다
조금 더 최선으로 나아가야 할 텐데
결코 그러지 못한다
반대로
모르긴 해도
이 밤에 저항 없이
어떻게 잘지, 감히 상상할 수 없는
산 중턱에서 만난 작은 돌은,
그 속을 몰라 겉으론
평소처럼 살아간다
무심코 집어 든 돌은
다시 올 수 없는 곳이라고 말할 줄 모른다
두려워서

구차하게 허물어지지 않는다
갖다 놓아도 누구나,
누렇게 떠도 죽지 않아서
들여다보지 않는다

망각

시계 바늘은 안 본 사이 부쩍 자라 있다 위에서 시냇물이 졸 졸 흐르다 멈춘 난방도 하지 않은 방에서 무얼 할까 두리번거 리다 꽃에 끌려 나왔다 마음을 바꾸면서 밤에도 피어야 하는 꽃은 몸이 뻐근하다 바람이 흔들어 주지 않는 꽃은 정물화다 살구꽃은 모른다 곁에 차려진 신방을 모르고 지나가는 소녀를 모른 채 먼 이방의 문턱을 넘는다 조금씩 자리를 바꾸면서 살 아나는 땅의 기억을 딛고 살구나무 그늘이 씌워진 신방 주인 딸은 살구꽃을 닮았다 하는데 살구꽃을 모른다 오늘 밤 망가 져 보자고 허리가 꼿꼿한 키 큰 아가씨가 날씬한 몸을 내다 팔 면 불안이 알을 낳는 중이었네 희고 둥근 알, 이럴 때면 죽었다 다시 살아나는 욕망을 채우느라 늙은 담쟁이 넝쿨로 가려진 녹 슨 철문으로 달 밝은 밤이면 들락거리느라 허리가 굽은 밤마실 은 무섭다 사람들을 호기롭게 하는 것은 무엇이 있을까? 생각 없이 꽃잎은 휘날린다 신방의 주인은 떠나고 허물을 참고 견디 는 건 베어진 것들이 간절하기 때문이다 산모 없는 수유실을 찾는 해프닝에 그 무슨 정치보다 그 무슨 연애보다 더 속상하 다 햇빛 한 움큼이 눈 밑을 따스하게 할 때 우린 울다가 웃음 을 터뜨리기도 한다

누수

빈센트 반 고흐가 좋아했다는 붓꽃이 피었네요
알게 된 후론 그냥 지나치지 않았죠
누구도 대신할 수 없는 것을 들여다보며
처음부터 그랬던 건 아니지만
고흐처럼 인사해요
꽃이라면
이제 막 부풀어 오른
빨간 장미의 무덤.
내일은 빨간 장미랑 어울리는 월드컵 축구 하는 날이라서
기분 띄우기 좋은 날이지만
커피를 함께 마신 할머니 얼굴은 창백했어요
원하시는 숫자를 적어드리고 왔죠
심심할 때 긁어볼 수 있는 이웃이 하나 추가됐어요
우린 어쩌면 로또복권에 당첨될지도 몰라요
사이좋게 나눠 가졌으면 좋겠어요
오래 소원했던 것들은 이루어질 확률이 많죠
누수는 핑계고 베란다에 활짝 핀 꽃들이 그걸 말해주었어요
빨간 장미의 무덤 같은 건 없어요
나누고 싶었던 말들은 들어줘야 하고
잊었던 이름도 떠올라야 해요

계단을 밟아 오른 수고에

꽃은 복받치면 터져 버리고 오래 앉아 있어도

피곤하지 않아, 맘만 먹으면 버릴 것 없는 걸 꺼내놓고

커피를 마시면 쓰려오는 속도 기꺼이 감수하겠어요

'연애 따로'를 '연애 따위'로 읽어버리는 잘못을 그만두고 싶어
요